LE NOSTALGIE

LUIGI GUALDO

Texte et illustration de couverture : © domaine public
Edition : Culturea (Hérault, 34)
Contact : infos@culturea.fr
Retrouvez notre catalogue sur http://culturea.fr
Imprimé en Allemagne par Books on Demand
Design typographique : Derek Murphy
Layout : Reedsy (https://reedsy.com/)

Dépôt légal : janvier 2023
Tous droits réservés pour tous pays

ISBN : 9791041844395

LE NOSTALGIE

I.

Invitte stanno le superne cime
Ancor dal genio umano inesplorate;
Noi, nell'ore moderne scolorate,
Dimentichiamo i mali della vita
Cercando intorno le dorate rime.

Le cerchiamo nell'anima ferita
E nell'azzurra terra ove si sogna,
Le cerchiamo nel ver, nella menzogna,
Nella brama d'un'estasi incompita,
Nel rimpianto dell'uomo, in quel che agogna.

Facciamo scaturire una fontana
Dalla sabbia—e dal mal la Poesia,
Poichè l'evocatrice fantasia
Che non ha culla e che non ha confine,
Dovunque regna e da ogni cosa emàna.

E nel suo regno non vi son più spine,
Non v'è di luce un troppo caldo raggio…
Spira sempre una blanda aura di maggio,
Simile a un soffio di spiaggie divine
Che spande oblìo sovra il terren viaggio.

E là talor dell'immenso poema
Qualche verso ne dice il rio, lo stelo;
Sorge dal suolo una nota di cielo,
Un lampo guizza allo sguardo abbagliato
E intravediam la verità suprema.

Nell'oscuro desir del nostro fato,
Cui sol misterïoso Amore schiara,
Invan cerca lo spirito assetato
Il ver celato dalla sorte avara.
—E forse il nostro sogno è il meno errato.

È il metro stesso che la mente ispira,
E quando in noi sentiam lo sconosciuto
Poter, che tutto intorno a noi fa muto,
Oh l'ascoltiam! Che forse s'ode il vero
Da una corda ancor muta della Lira.

Forse nel ritmo è chiuso ogni mistero
E nella Forma è la suprema legge,

Forse un concerto l'universo regge,
E nelle norme d'un divin pensiero
Ogni stella pel ritmo si sorregge.

Non sveliamo i dolor, l'ire, le piaghe,
Davanti al volgo indifferente, o lieto
Del duolo nostro, ignaro del segreto.
Oh nol cantiamo! Chè noi siam gli eletti,
I soli accolti alle lucenti plaghe.

Soli sediamo ai magici banchetti
E soli entriamo per le argentee porte;
Per noi le antiche dee sono risorte,
Tutto miriamo sotto arcani aspetti,
Cantiam la vita e scrutiamo la morte.

Intrecciamo le gemme alle ghirlande,
Voghiam sul mare verso l'orizzonte,
Fin lontano lasciam le nostre impronte,
Carichi di tesor, di spoglie opime,
L'arte seguiamo paurosa e grande!

Noi ritorniamo vêr le cose prime,
Tentiam svelare ciò che in noi si muove,
Le nostre gioie le troviamo dove
Brillano chiare le dorate rime,
Nella purezza delle forme nuove.

* *

Così, talvolta, quando il bianco foglio
S'annera, e i versi sgorgali dalla penna,
Vedo una fulgida
Mèta e la Musa che col gesto accenna,
E il cor mi batte per rinato orgoglio.

Tutto risplender parmi nella vita
D'onde la triste realtà scompare,
E senza lagrime,
Senza nulla svelar dell'ore amare,
Seguo il sentiero che la Musa addita.

E incontro forme immateriali e pure,
Ma somiglianti a note forme amate,
Figure pallide,
Pupille azzurre arcanamente oscure
E lunghe chiome al vento abbandonate.

Le incontro per la via mesta e serena
Dove il sognare sempre ne conduce,
E mi sorridono
Con uno sguardo strano da sirena,
In cui ritrovo pur l'antica luce.

E là tra i rivi rapidi d'argento,
Nel chiarore lunar che tutto avvolge,
Sull'erba morbida,
Sotto alle piante che non temon vento,
Involontario il canto mio si svolge.

Varia la scena, sorgon sontüose
Ville di marmo in mezzo alla verdura,
Dove ne olezzano
Sui vecchi muri le novelle rose,
E s'apre un atrio pieno di frescura.

Amo errare così per il paese
Vasto del sogno ove tutto s'oblìa…
Ma poi mi sveglio,
La vita torna a diventar palese,
E mi ritrovo sulla dura via.

E allora m'abbandona ogni fierezza,
Ardua fatica è ripigliare il canto;
Il verso languido
Somiglia a debil ala che si spezza,
E rido amaramente del mio vanto.

E parmi allor che la vita nemica
Noi sfuggire possiam sol per brev'ora;
Poichè implacabile
Torna e ne schiaccia con la sua fatica
E il coraggio ch'è in noi sperde e divora.

Pure i miei versi—altera illusïone—
Sembravano condurmi ad una mèta
Lontana e fulgida…
E sorge al guardo mio la visïone
Che ad ora ad ora evóca in me il poeta.

* * *

Il poeta dovria cantar l'eterna
Lotta dell'uom col male e col desire,
L'ardua battaglia
E dei sensi e del cor che ne governa,

La ribellione al duolo nostro sire.

Si dovria dire il Sogno e insiem la Vita,
Approfondendo il vero ed il reale
Ancor recondito,
Poi spazïare ancor nella infinita
Regïon che attira le instancabili ale.

E il volpossente che la musa ispira,
Dal seno della terra infino all'alto
Ignoto vertice
S'inalzerebbe in vorticosa spira,
A ogni ascoso desir dando l'assalto.

Dalle grotte celate al firmamento,
Dalle lagrime apparse all'imo core,
Contando i battiti,
Dal lamento dell'uomo a quel del vento,
Dall'amor della donna a quel del fiore.

Scrutar dovremmo arditi ogni problema,
Dall'eterno mister che su noi libra
Il cielo limpido,
Fino al basso sentire che ne scema
L'intelligenza e in noi la forza sfibra.

Se il robusto voler che l'alma eleva
Sentiamo sol per un fugace istante,
Se manca al povero
Turbato spirto una possente leva,
Al nostro core un palpito costante,

Troviamo almeno in tanto male istesso
Forme novelle all'arte imperitura,
Cantiam l'angoscia
Del morbo arcano ond'è lo spirto oppresso
E i dolor vani aggiunti alla natura.

Ma celar non dobbiam la brama intensa
Di purezza ch'è in noi—acre rimpianto—
Nè il sogno roseo
Che ognor davanti all'occhio d'uom che pensa
Sorge soave tormentoso incanto.

Tentiamo sviscerar dalla moderna
Vita febbrile un'arte ultima e nuova,
D'onde gli acrissimi
S'alzan profumi e dove chi s'interna

L'inconscïente suo mal or ritrova.

Ma ricordiam che batte eternamente
In petto all'uomo un immutabil core,
E che negli ultimi
Stanchi poeti d'una smorta gente
Della lira d'Orfeo l'eco non muore.

II.
SEPARAZIONE

Weary to death with the long hopeless keeping
The watch for day that never morroweth.
JOHN PAYNE.

A GIUSEPPE GIACOSA

Sopra il vasto terrazzo in marmo bianco
Sta, seduta la dama altera e bionda;
L'atteggiamento sul sinistro fianco
Rivela lassitudine profonda.

Attraverso le fronde verdeggianti
Sereno è il cielo sull'immenso mare,
E s'ode l'eco dei remoti canti
De' pescator che van per l'onde amare.

Ella è vestita di velluto rosso
Con ricche trine e gemme rifulgenti;
Il suo corpo divin talora è scosso,
Rabbrividisce... eppur son dolci i venti,

E all'azzurro lontan volge l'azzurro
De' suoi sguardi pensosi, ma l'arcano
Indistinto pensier senza susurro
E senza gesto, va assai più lontano.

* *

Il suo pensier traverso il bene e il male,
Or chiaro or torbido,
Come nave sul mare a gonfie vele
Vola nel sogno verso l'ideale.

Ella ha sete e vorrìa l'assenzio e il miele,
La manna e il tòssico,
E sente in seno l'onda d'una brama

Che or soave diventa ed or crudele.

Ella giunge le mani e attende e chiama,
Tra speme e tedio,
Il presentito compimento ignoto
E la gioia fatal che ha sol chi ama.

Chi ama e vive e più non sente il vuoto
Dell'ore rapide,
E la pace che fa invocar la guerra,
E l'avvenir che ognora è più remoto.

E il suo core talor tutto si serra
E cessa il palpito,
Ma poi torna il desir senza la speme
E le sembra esser sola sulla terra.

E mentre ignara del suo mal pur geme,
La solitaria
Dal cielo implora i tormentosi affanni,
Purchè vi sia chi con lei pianga insieme.

E che dan le dovizie a' suoi vent'anni?
L'avito orgoglio
E le turbe inchinate al suo passaggio?…
Ella vorrebbe dispiegare i vanni

Dell'alma ardente al fulgido miraggio!
—Ma resta immobile,
Schiava del fato, con la testa china,
Nè sa perchè tanto l'attrista il maggio;

Nè sa perchè, quando il sole declina,
E malinconica
Scende la sera sulle umane cose
E par misterïosa la marina,

E sullo stelo languono le rose,
E le mestissime
Note lontane dell'Ave Maria
S'odon venire in tra le piante ombrose,

Ella sente un conforto ignoto pria,
Ed una languida
Pace discende sullo spirto stanco
E dormire per sempre ella vorrìa,

Ma invano poi sull'inquieto fianco

Sonno benefico
Attende mesta fino alla mattina.
Oh! perchè abbrucia il suo guanciale, bianco

Come la neve sopra vetta alpina?
E perchè pallido
Ogni dì più diventa il suo bel volto,
Più flessüosa par quando cammina?

E che le fa l'aureo crin disciolto
Ad ogni zeffiro,
E che le forme pure e sculturali,
Se l'occhio indarno all'orizzonte è vólto?

Se indarno sente che le batton l'ali,
Se niun può leggere
Le cifre arcane che il suo sen racchiude,
Le aspirazioni giovani, immortali?

Tremando, con la mente ella dischiude
La strada al torrido
Lontan paese ove il suo sire ha vinto
Le barbare tribù feroci e nude,

E d'onde dee tornar, di gloria cinto,
Al freddo abbraccio
Di lei che invano egli amerìa d'amore,
Mentr'ella ha il cor dal dover solo avvinto.

Ella tutto darebbe—e lo splendore
Delle sue caccie,
E le sale dorate ov'ella deve
Sotto un sorriso ascondere il dolore,

(Mentre la luce le fa il cor più greve)
E le magnifiche
Gemme pesanti sulle bianche spalle,
Pari a rugiade sparse sulla neve,

E le vesti per oro antico gialle,
E pur le candide
Storiche perle della sua corona,
E il feudo antico e monte e piano e valle,

Per un dì sol di vita vera e buona.

* * *

Sotto il terrazzo, per l'angusta via
Dalle libere frondi ottenebrata,
Un giovanetto pallido s'avvia
Verso la mèta della sua giornata.

La mèta incerta ov'ei sarà la sera,
La borgata ove forse avrà riparo.
Va col liuto ad armacollo e spera
Che il castellan non gli fia troppo avaro.
La chioma bruna scende in molli anella
Sul collo bianco e sul farsetto umile,
Ha l'occhio grande e ner, parvenza snella,
E il sorriso sul labbro giovanile,

Mentre lo sguardo è già pensoso e triste
E il magro viso è contro il mal già fiero
Come di chi traverso al duol persiste.
—Tal va l'ignoto e bello passaggiero.

* * * *

E andando per la strada polverosa
Egli fantastica
Come si suole nell'età primiera
Quando la vita appar misteriosa.

E sente in cor cantar la primavera.
Stormir le foglie
Della speranza in tra i fior sboccianti,
E avvicendarsi un'allegrezza altera

Alla mestizia dei primieri incanti.
Poichè nell'animo
Ei già presente le vicine lotte
Tra il ver crudele ed i desiri affranti.

E spesso son le note sue interrotte,
Nè per l'irrompere
Dei singulti saprebbe una ragione…
Pur piange spesso quando vien la notte,

Poi lo rinfranca ancor la visïone
Piena di gloria
D'un avvenir purissimo e ridente,
E sente che uscirà dalla tenzone

Incoronato da una luce ardente
E con il premio,

Ignoto ancor, d'un bacio pien d'oblio,
Pien di memorie celestiali spente.

Ma l'alma sua è mesta nel desìo
Indescrivibile,
Ed una ingenua pace ognor s'estolle
Involontaria dal suo petto a Dio.

E nelle vene il sangue gli ribolle,
E qual da freccia
Ferito è dal desire indefinito
Della lontana sua speranza folle.

Perchè gli diè natura il guardo ardito
Fatto al dominio,
Pur dolce sì che fino all'alma arriva?
E il portamento libero e spedito,

La mano bianca del lavoro schiva,
Il volto pallido
Ed i bruni capelli inanellati,
La mente tanto imaginosa e viva?

Perchè il suo spirto aspira ai grandi fati,
Alle battaglie,
All'avventure ed ai perigli strani,
Alle pene sublimi, ai dì beati?

Contento ei già vorrìa morir domani
Purchè una pioggia
D'amor sentisse scender nel suo core,
E tener fra le sue due bianche mani

Potesse nella calma che in amore
Segue la torbida
Divina ebrezza che fa l'uomo altero
E gli fa rinnegare ogni dolore.

Oh! se trovasse in mezzo al suo sentiero
La mesta e giovane
Castellana sognata lungamente
Nelle malsane gioie del pensiero,

Superba e di bellezza risplendente,
Ma resa languida
E impietosita da un accento vero,
Dal suo liuto o da un sospiro ardente,

Ei non vorrìa parlar, ma l'occhio nero
A lei rivolgere
Saprìa soltanto, e col ginocchio al suolo
Offrirle alfine il suo core sincero.

E tutto dirìa poi con voce lenta:
Il lungo attendere,
L'antica speme ed il suo giovin duolo,
E la brama divina che il tormenta,
E della fantasia il mesto volo,
E il caldo irrompere
Dei desideri immensi e trionfanti
Dal cielo giunti in amoroso stuolo:

E tra le varie note de' suoi canti
La dolce ed unica
Nota che torna sempre inesorata,
Fra l'acre gaudio dei soppressi pianti

E il balsamo dell'alma innamorata,
E allor la fulgida
Dama un sol bacio gli porrìa sulli occhi
Ed ei con l'alma lieta ed affannata

Il volto asconderìa nei suoi ginocchi.

* * * * *

Egli andrà in fondo al lungo suo sentiero
Senza trovare il dolce dì sognato.
Ella all'oceano
Calmo o furente volgerà l'altero
Languido sguardo interrogando il fato
Che non si può mai compiere.

Oh! chi può dir di questi amori, ignoti
L'uno all'altro qui in terra, il compimento
Paradisiaco?
Oh! quando fiano i lor desiri immoti
E in un confuso il duplice lamento
E l'ineffabil gaudio?

Quanti tramonti ancora e quante aurore,
Quanti voli da questo a quel pianeta,
Oh! quanti secoli
Dovran fuggire pria che il dì d'amore
Sorga a riunire il giovane poeta
Alla sua dama pallida?

III.
STORIA DI MARE

Spuntava il dì sereno; non aleggiava vento
Sulla spiaggia che il flutto batteva molle e lento,
Da breve ora soltanto s'era levato il sole.
La pura aura marina, che spira fresca ed ole
Con un profumo amaro, facea ondeggiar la tela
D'una tenda costrutta con una vecchia vela.
Non una voce. Solo come un punto in distanza
Qualche barca da pesca che lentamente avanza.
Ma a un tratto dalla tenda una fanciulla bionda,
Bella come la Venere che sorge in mezzo all'onda,
Uscì qual visïone luminosa, inattesa.
Sulle spalle superbe la chioma avea distesa,
Ed il vestito bianco svelava la bellezza
Delle sue forme pari alle antiche in purezza.
I piedi sulla rena lasciavan delicata
Orma di piante e dita che parevan di fata.
Con gli occhi color d'aria dalle arcuate ciglia
Guarda la giovin scena a cui ella somiglia
Con una espressione di gioia giovanile.
—O la freschezza lieta d'un bel giorno d'aprile!
Per toccar le conchiglie s'abbassava talora,
Ed una ne ammirava tutta rosea, e sonora.
Si soffermò un istante, gettò uno sguardo intorno
All'orizzonte chiaro dove brillava il giorno,
Formando una visiera della sua aperta palma,
E poi ridente, piena d'una letizia calma
Corse nel mar, siccome da alcun desir fatale
Attratta, e avviluppata da un fascino ideale.
—Poi le mancò il terreno ed allungò le braccia,
Le aprì, le riallungò, seguendo una sua traccia,
E cominciò a nuotare con leggiadra baldanza.
Già nelle prime mosse pervenne a una distanza
Incredibil dal lido—elegante e veloce.

Non si sarìa potuta richiamar con la voce.
Dritto davanti a lei, rapida e risplendente
Ella fendeva i flutti, e ognor magistralmente
Alzandosi e abbassandosi nel variato suo corso,
Talvolta si voltava e nuotando sul dorso
Guardava il vasto cielo, e sul fianco talvolta
Al lido la dolcissima faccia tenea rivolta,
Giuocando e andando sempre, come fosse rapita
Dai venti—e poi talora in estasi infinita
Parea dormisse, chiusi gli occhi azzurri e belli,
Sparsi sul bianco viso i biondi suoi capelli.

Quest'era dall'infanzia il solo suo piacere.
Sempre la si vedeva e per giornate intere
Correre verso il largo. Preferiva il mattino,
L'ora in cui è deserto il lido ed il cammino.
La conosceva appena un vecchio marinaro.

Al bacio sol dell'onde fremea quel corpo ignaro.

Non si potea per essa conoscer la paura.
Appena circondata dall'acqua amara e pura,
Era nel suo elemento; e quando poi serena
E allegra uscìa dai flutti, simile a una sirena,
Il suo bel corpo bianco destava meraviglia.
Pareva il mar sua culla, ella del mar la figlia;
Del vasto oceano ignoto ognor sentiasi amica
Ed ignorava ancora che fosse la fatica.
Con le braccia sublimi qual di marmo animato
L'Ellesponto ella pure avrìa attraversato
Senza paura—ed anco senza desir d'amore!
E spesso nella calma estiva e verso l'ore
Pesanti del meriggio, scotendosi le goccie,
Usciva tutta gaia, e in sulle ardenti roccie
Si coricava offrendo del sole ai caldi baci
Le giovanili forme innocenti e procaci.
Là rimaneva a lungo placidamente, l'alma
Sentendosi confondere alla natura calma.
L'ira degli elementi per lei era una festa
E sorrideva altera in mezzo alla tempesta.
Era una dolce musica per lei lo spaventoso
Rumoreggiar dei flutti che non hanno riposo
E fra le nubi oscure il sibilar dei venti!
—Ma preferìa l'arcano amor degli elementi,
Il lungo bacio queto del pelago alla terra
Allora che dei nembi s'è calmata la guerra,
La molle ondulazione che ne viene dal largo
Quando tutto s'addorme in un lento letargo,
E quando, per cullarle sovra i flutti soavi,
Sembra che il mar domato cerchi le grandi navi.

Quel giorno, ancor più lieta, piena di gioia pura
Nuotava in alto mare in fra l'onde sicura.
Lontana assai da terra si soffermò un istante,
Tra la spuma giocò, poi senza andar più avante
Si coricò e fu immobile—bagnando l'aureo crine
Nell'acqua, che la linea sì delicata e fine
Del viso incorniciava di cristallo verdastro.
—Nel cielo s'innalzava gloriosamente l'astro
Del giorno.—Ed ella alzava al vasto firmamento

Gli occhi che d'azzurro s'empiano e di contento.

Alfin si mosse.
Allora provò una gran sorpresa:
Un giovane mai visto, con una mano tesa
Dritto verso di lei nuotava ed un delfino
Parea, maestoso qual era in suo cammino.

Veniva. Egli era bello al par d'un dio pagano.
Veniva. Ad ogni istante era meno lontano.
Avea i capelli bruni., non lunghi ed arricciati,
Da gocciole lucenti coperti ed imperlati,
Ed il suo viso imberbe più giovin dell'aprile
Era d'una bellezza perfetta e femminile.
Ei pure era sorpreso, e coi grand'occhi neri
Pieni di dolce ardore e languidi ed alteri
La contemplava fisso. A un tratto fu vicino.
—«Io ti scorsi da lungi nel raggio mattutino.
Colui che non vedevi per ammirarti accorse.
Che niuno sa nuotare al par di me…»
—«Io forse»
E fuggì via. Ma rapido ei la raggiunse. Allora,
Nuotando insieme andarono uniti per brev'ora,
A forze uguali. A lei pareva fosse un gioco
E quasi senza sforzo pur lo vìnceva un poco.

Ognor s'allontanavano. Ma dopo lunghi istanti,
E stanca di guardare all'orizzonte avanti,
Ella pur si voltò, e i loro sguardi alfine
S'incontrarono. E allora le pupille divine
Nell'innocenza sua fissò sul nuotatore
E ingenua il contemplava e senz'alcun rossore.
Essi correvan sempre; ma ecco che improvviso
Una espressione strana le si dipinse in viso.
Ignota lassitudine di lei s'impadroniva,
Parca che le sue mani cercassero una riva…
Il giovin se ne avvide, e le pupille fisse
Sempre su lei: «Sei forse un poco stanca?», disse.
—«Io? Giammai». Ma frattanto facevansi più lenti
Mentre così dicea tutti i suoi movimenti.
In tutto lo splendore sul vastissimo piano
Il sole i rai possenti vibrava più lontano,
E quella immensità che avean dinnanzi a loro
Pareva tempestata di grosse gemme d'oro,
Ma a riposar lo sguardo, sovra le loro teste
Stendevasi tranquilla l'immensità celeste.

Senza contare il tempo andavano silenti.

Ella era tutta gaia, ma già nuotava a stenti
E si sentia contenta e un poco umiliata.
Faceasi il respir corto e la lena affannata,
Ed una man tenea sul seno palpitante,
Ed egli le chiedea sommesso, ad ogni istante,
S'ella era lassa, e sempre, sdegnosa e sorridente,
Rispondeva di no. Eppur sensibilmente
Ad ora ad or scemavano le forze sue già vinte
Ed avanzava solo a disperate spinte.
In fin le stese il braccio ed ella affranta, muta
L'afferrò febbrilmente e già quasi svenuta.
Tutta sentiasi invasa da ignoto turbamento.
L'un contro l'altro stretti andavano col vento
E i corpi si toccavano splendidamente belli
E l'aura alla fanciulla i dorati capelli
Moveva, e li spingea in opulenta massa
Sulle spalle imbrunite di lui. Ell'era lassa,
E di guardarlo in viso quasi più non osava…
Egli con occhi languidi e ardenti contemplava.

S'allungavano forse gl'istanti all'infinito,
Volavan forse l'ore?—Il tempo era smarrito.

Ell'era ognor più stanca. Il nuotator robusto
La sostenne, cingendo il suo corpo venusto,
Traendola con sè. Con forza prodigiosa
La portava qual fosse una languida rosa.

Ella avea chiuso gli occhi, e quasi inconsciente
Il cor di confidenza pieno ineffabilmente,
Spinta da irresistibile e nuovissimo istinto
Le braccia intorno al collo del giovine avea cinto.
Egli mirava l'ombra che le palpebre chiuse
Gettavan sulle guancie di pallore suffuse,
E le labbra vermiglie. E si sentìa sul petto
Le mosse di quel core a battere costretto,
E per la prima volta. Ei mormorò sommesso:
—«Io t'amo».
Ella rispose: «Mi salva».
Allor più presso
A lei cui già mancava la voce egli si stese
E con le labbra ardenti le dolci labbra prese.

La fanciulla innocente serrò con infinita
Tenerezza colui che le dava la vita,
Colui ch'ella, già debole, chiamava salvatore.
E nulla ella sapeva pur sapendo l'amore.
Lo sguardo nel suo sguardo ella teneva fisso,

E in estasi novella pareale in un abisso
Cadere lentamente, nelle brame infinite,
Parean le loro bocche eternamente unite
Ed era un di quei baci che finir non si ponno.
Sembrava su lor scendere misterïoso sonno
E a un tempo li riempiva possanza sovrumana.
Egli sentiva in sè vibrar la forza arcana
D'una felicità che non avrà più fine,
Urtarsi le violenze delle gioie divine,
E allor dalla sua bocca del bacio prigioniera
Un mormorìo s'udì, una voce leggiera.

Gli augelli che passavano in ciel con l'ali aperte
Fermavansi a guardare quelle due forme incerte
E sovra il dolce gruppo circoscriveano il volo.
E quello che vedevano sembrava un corpo solo
Pien di forza e di grazia e doppio ed indiviso,
Simile a visïone d'ignoto paradiso.
Fu un lampo. Ma rinchiuso in la breve durata
Era un eterno gaudio. Lei s'era risvegliata
E le parea risorta esser già dalla morte
E spinta nel mistero d'una novella sorte…
E s'abbrancava al giovine e lo teneva stretto.
Ma fu lui che pel primo sentì scemar nel petto
Il soffio ed il vigore… fu lui che la fortezza
Aveva degli olimpici cui vinceva in bellezza.
E con un lieve gemito, un rantolo d'amore,
Da un'indicibil estasi suprema, da un languore
Si sentì tutto invadere soavissimo e fatale
E si coprì il suo volto di pallore mortale.
Ed egli sprofondava. Per un minuto ancora
Ella il potè sorreggere, ma poi cedette, e allora
Sempre più avvinta a lui, confusi in una speme,
Unì il suo corpo al suo per rimanere insieme.
—E lenta ma sicura già l'inghiottiva l'onda.—Pria
s'agitò una forma, indi una chioma bionda
Si vide ancor confondersi col bianco della spalla;
L'oro di quei capelli restò un istante a galla,
Poi l'acqua lo coprì con mormorio leggiero.—
Ella lo avea seguito nel sogno e nel mistero
Sentendo che divisi non sarìano più mai.

E più vivi ed ardenti dardeggia il sole i rai:
Sovra l'immenso oceano più nulla si discerne.
I flutti hanno più flebili le lamentele eterne,
E par che alfin si stenda, dovunque, in ciel, sull'onda,
Inalterabilmente serenità profonda.

IV.
ALLA SERA

Stanca è la terra e lasse son le cose;
L'uomo è languente come la natura.
Scende dal cìelo una gran pace oscura.
Pendono già gli steli delle rose.

L'uomo è languente come la natura.
Sorgon dall'alme le armonie nascose,
Pendono già gli steli delle rose,
Cessa la gioia e cede la sventura.

Sorgon nell'alme le armonie nascose
Rivelatrici di vita futura…
Cessa la gioia e cede la sventura
Tra l'acri voluttà misterïose.

Rivelatrici di vita futura
Son le tinte fugaci e calorose;
Tra l'acri voluttà misterïose
V'è un senso di speranza e di paura.

V.

Rose appassite cui non rise il sole,
Vergini morte senza udir parole
Dolci al cor mesto lungamente attese—
Bellezze altere cui mentì la vita,
Cui già sfiorò la guancia impallidita
L'ala del tempo che volando offese,

Malati ingegni che non ebber lena
E che al salir del monte giunti appena
Caddero stanchi in vista della meta.
Amanti orbati dalla fredda morte,
Spirti legati da dure ritorte,
Voi cui miseria ogni desire vieta,

O passeggieri per la vita vuota,
Poeti oscuri! A voi sale la nota
Del canto arcano che il mister susurra,
Ed in voi soli sta l'eterno tema
Che—protesta fatal, vago poema—
S'erge alla sorda vasta vôlta azzurra.

Voi tutti unisce un vincolo fraterno,
Intirizziti dallo stesso inverno
Che congela nel cor gl'impeti veri,
E fra tutti un dì voi riconoscete,
Mesti assetati dalla stessa sete,
Compagni di desiri e di pensieri.

Piangete tutti qualche spento amore
La cui memoria è com'eco che muore,
O qualche ingenua aspirazion che fugge;
Voi nell'esilio d'una vita immota
Pensate sempre ad una patria ignota,
Non mai veduta, ma che il cor vi strugge.

E quei cui schiavo nella casa stretta
La via che fugge all'orizzonte alletta,
Forse deluso tornerìa dal polo
Se potesse partir—e intanto soffre
Di non saper carpir quello che s'offre
Istante d'oro ove si piglia il volo.

Invan correte il mondo e la ventura
Cercando nel mutar della natura
Un pascolo allo spirto irrequieto.
Fuggite sempre da voi stessi invano,
E qual le stelle che dal ciel lontano
La stessa luce mandano sul lieto

O triste suolo, indifferenti e belle,
Così nel cor—simili all'alte stelle—
Gli stessi sensi in region remote
V'agitan sempre, e come al firmamento
L'Orsa si mostra e la luna d'argento,
Stanno nell'alma vostre brame immote.

Vittime tutti d'uno stesso inganno,
Nell'imo vostro cor chiuso è l'affanno
Che la parola invan cerca ridire,
E s'ode solo qualche flebil suono.
Incompreso dai più, mentre che un tuono
Sublime dorme nelle vostre lire.

VI.
PRESENTIMENTO

La candida fanciulla ha sedici anni
E non provò nè duolo ancor, nè gioia;
Ignora i gaudi tristi e i dolci affanni
E il disperar per fieri disinganni,

Quando sembra che il cor nel petto muoia.

Sciolti e cadenti i suoi capelli biondi
Sul roseo volto dai grandi occhi puri,
Allor che, o sole, i vasti campi inondi,
Ella si siede sotto l'alte frondi

Nei recessi al meriggio ancora oscuri.

Sulla sua via ell'ha ben lievi impronte,
Il suo passato ancora non le pesa,
Niun periglio ella scorge all'orizzonte,
Le tempeste ella ignora, i mali e l'onte,

E non sa nè il rimpianto nè l'attesa.

La terra è allegra sotto al firmamento,
È puro il giorno come il suo bel viso,
Par che tutto il creato sia contento,
Cantan gli augelli mentre tace il vento,

La terra rende al cielo il suo sorriso.

Fiutano i bovi l'aura profumata,
Ronzan tra i rami mille alati insetti;
La pianura serena, illuminata,
Vive una vita intensa e più beata,

Fremono già i misterïosi affetti.

E allora in mezzo a quella pace lieta;
Sotto la vasta celestiale vôlta,
Lei che improvviso ignota speme asseta,
In tra la gioia cósmica e segreta

Si sente triste per la prima volta.

VII.
NEL PARCO

Nel mistero del crepuscolo
S'addormìa la villa e il parco.
Io sognavo ai tempi rosei,
E la speme moribonda
Cui ravviva la profonda
Solitudine degli alberi
Al mio cor trovava un varco.

S'era spento allor l'incendio
Del tramonto all'orizzonte
Nelle tinte d'oro e porpora,
Celestiale ed uniforme
Luce blanda sulle forme
Si spandeva e nello spazio
Cancellando l'altre impronte.

Cancellando ogni vestigio
Doloroso delle lotte
Che la vita sempre genera,
Sul color troppo vivace
Distendendo la sua pace,
E annunciandone già prossima
L'aura sacra della notte.

Si sentìa l'epitalamio
Ineffabil della sera,
V'eran soffii e note languide
Che turbavano la mente,
E facevan che le spente
Rose antiche rifiorissero
In ogni anima più nera.

VIII.
SEMPER ET UBIQUE

L'amour pleure en tout temps et triomphe en tout lieu.
VICTOR HUGO

A GIOVANNI CAMERANA

***
A me, stupito, apparve un giovinetto
Coronato di rose il crin ricciuto.
Mi sorrise e guardò, ma stette muto
Al mio cospetto.

Pareva, fatto ver, sogno d'artista
Da ingelosir Pigmalïone o Apelle;
E gli occhi suoi parean due nere stelle
Senz'ombra trista.

Pieno d'incanto era il suo bel sorriso,
Fatte pei baci le sue labbra rosse,
Armonïose le leggiadre mosse,
Fulgido il viso.

La sua tunica bianca a liste aurate
Lasciava nude le marmoree braccia;
Sul volto suo non si vedeva traccia
D'ore passate.

Vuote le mani, senza flauto o lira,
Pur silente sembrava ch'ei cantasse
Con la presenza sua—e l'alme lasse
Togliesse all'ira,

Alle lotte, ai dolori, ai desìr vani
Con la purezza del sereno sguardo.
—E compresi ch'egli era a parlar tardo
Per gaudi arcani.

Ed ei lieto tacea. Ma alfine io lessi
—Interpretando l'occhio che parlava
I segreti dell'alma allegra e schiava
Sul fronte impressi.

E diceva il suo sguardo: È senza inganni
La vita, e il cielo ognor ride ai mortali!
Più non invidio ai cherubini l'ali:
Ho diciott'anni.

Il mondo è mio, il piano e la foresta;
I vezzosi giardini e i verdi colli
Già mi donaron tutti i fior che volli
Per farmi festa.

Mai non si stanca questo piede e varca
Il monte che conduce all'alta mèta;
E non invidio alcun, prence o poeta,
Dotto o monarca.

Ed ignoro le voglie ambizïose,
Non mi curo d'imperio o di potenza,
Sprezzo i tesori, e d'oro so far senza
Perchè ho le rose.

Parlo tacendo e regno senza spada
E rinnegar la gioia mia non voglio,
Ma il segreto svelare dell'orgoglio
A ogni contrada:

Sono superbo perchè sono vinto
Dalla fragile man d'una fanciulla;
E mi tien quella man che si trastulla
Di fiori avvinto.

Ella è candida e bionda, alta e sottile
Nella maestà delle nascenti forme,
Divine son de' brevi piedi l'orme
Sul suolo vile.

Lo sguardo suo celestïale è pieno
Di ricordi di cielo e di speranze,
E le vïole acquistano fragranze
Sovra il suo seno.

E nel sentiero ombroso ed appartato,
Sotto le piante antiche ed indulgenti,
Passiamo uniti lungi dalle genti
A lato a lato—

Ciò diceva il suo sguardo, e lo splendore
Crescea della pupilla e del sorriso…
Aprì la bocca alfine, e d'improvviso
Mormorò: «Amore…»

* *

Obliai questo sogno. I giorni grigi

Uniformi passavan senza eventi;
E stetti a lungo ascoltando i concenti
Del perenne tumulto di Parigi.

Vivevo assorto tra i rumori strani
Della vita febbrile affaccendata,
Dimenticando l'ora, il dì, la data,
Noncurante dell'oggi e del domani.

Era bel tempo—ed il cangiante smalto
Del ciel verdastro e grigio verso sera
Facea parer tutta la folla nera
Che passava serrata sull'«asfalto».

Un dì, seduto in mezzo al gran frastuono
Dell'ampia via su cui l'ombra scendea,
Sognavo senza concretar l'idea
Mentre coi lumi già cresceva il suono.

Sorgevan vaghe imagini riflesse
Dalla svariata scena a me davanti:
Studïavo la storia dei sembianti,
Le intere vite in un sol gesto espresse.

E quella via era teatro e specchio.
Ma a un tratto si fissò la mia attenzione
Sovra d'un uom che fra tante persone
Umil passava e dispregiato: un vecchio.

La barba grigia avea lunga ed incolta,
E come giunto a qualche passo estremo
Stanchissimo pareva e quasi scemo,
Qual chi non parla mai e rado ascolta.

Smorte, scarne le guancie, incerto il passo,
A brandelli le vesti, e tremolanti
Le magre mani, ei si fermò davanti
A noi, guardando indifferente e lasso.

Lo spingeva la folla ed i monelli
Al cencioso beon davan la baia,
Si scostava la dama e l'ambubaia,
L'insultavano i ricchi e i poverelli.

Ei non se ne accorgeva, e tra le rozze
Spinte d'ognun mangiava un po' di pane,
Proprio sul passo delle cortigiane,
Tra il continuo rumor delle carrozze.

Mi vide, mi fissò nel viso, e fosse
Ch'egli scorgesse in me pietà od ingegno,
Si raddrizzò, guardò, cambiò contegno,
Sorrise mestamente, e non si mosse.

Oh! qual tristezza in quello sguardo spento!
Quanta miseria nell'aspetto affranto!
Quanta eloquenza in quelle rughe, e quanto
Dolore in quella bocca senz'accento!

Vi si leggevan vergognose doglie,
E forse—orrende malcelate impronte
D'anni passati tra rimorsi ed onte—
Ebrezze trangugiate e morte voglie.

Nella moderna ed acre poesia
Di quella strada pazza e fragorosa,
Quale contrasto nella orribìl prosa
Del misero che soffre e non desìa!

Tra la lotta malsana dei piaceri,
In quella gara delle immonde brame,
Null'altro egli sentiva che la fame
E non avea ne sensi nè pensieri.

Gli diedi una moneta e domandai
Più con lo sguardo assai che con un motto
Come si fosse in tal stato ridotto,
Per qual sequela di sventure e guai.

Allor la sua pupilla ebbe un bagliore,
Crollò il capo scotendo il bianco crine,
E con la rauca voce disse alfine
Una parola sola: «Amore, amore…»

IX.
GLI AMORI

*

O felice la Grecia! Sensüale
E puro insieme per la forma pura
Vi librava l'amor le rapid'ale.
Ignorando i tormenti e la paura.

O sereno l'amor che ingenuo assale,
Che Orazio canta in seno alla natura,
Scandendo il verso dolce ed immortale
E bevendo il falerno fuori mura!
Il cielo sorrideva e il lieto sole
Irradïava la beltà pagana,
E musica sembravan le parole.

Là nel bosco s'udia passar Dïana…
E Afrodite che regna dove vuole
Era indulgente per la stirpe umana.

* *

E nella ferrea età medioevale
Dalle barbare pugne e dai portenti,
Tra i fati avversi ed i furor cruenti,
Crescea pallido il fior dell'ideale.

Sostenea ne' perigli e negli stenti
Il giovin paggio una cura immortale;
Ei tenea chiusa nel cuore leale
La bella fede de' suoi dì ridenti.

Un sorriso bastava. Egli moriva
Per la divisa sovra il brando scritta,
—O se tornava alla natìa sua riva

Per più non ritrovar la derelitta,
Il vecchio cavaliero ancor sen giva
Con la corazza da uno stral trafitta.

* * *

Poi divenne l'amor falso, elegante,
Al dolore ribelle e insiem crudele;
E se restava un core ancor fedele
Pareva in uggia al secolo incostante.

Il convento s'apriva a qualche amante
Sconsolata, e chiudevasi.—E le vele
Verso Citera vôlte al suono de le
Vïole seguitava il trionfante

Tragitto il bel navilio pien di suoni,
Dai cordami di seta rispondenti
Come corde di cetra alle canzoni.

Le donne artificiose e sorridenti
Scordavano le labili passioni
Col core pronto ai capricciosi eventi.

* * * *

Nella vita moderna comprendiamo
La storia tutta degli amor passati.
—Dal dì che ingenuamente il motto: t'amo
Diciam, la prima volta innamorati,

Non sentiam solo in noi l'antico Adamo,
Ma insieme al suo l'amor di tutti i vati,
Il desir forte ed il languire gramo
Del mesto cor, dei sensi inacerbati.

Nell'estasi più pura che levarne
Può fino al cielo, pur sentiamo invisa
La colpevol memoria della carne:

Nel loto ove sguazziamo in bassa guisa
Un pensiero risorge a tormentarne,
E sogniam d'Abelardo e d'Eloisa.

X.
UNA VOCE

*

Era deserto il vasto cimitero,
Nella pace suprema silenzioso;
Qua e là pel verde prato, maestoso
S'alzava un monumento alto e severo.

E tra una fila di cipressi tristi
Stavan gli umili avelli al par sacrati;
Molti che qui passarono obliati
Alfin dormivan là cheti e non visti.

Pendean dal tempo scolorite e storte
Le antiche croci in legno nero—rotte
E infracidile ognor dalle dirotte
Pioggie inondanti il campo della morte.

Qualcuna si vedea su cui d'affetto
Ultimo pegno stava ancor posata
Una ghirlanda misera e sfiorata
Che la mestizia ne risveglia in petto.

Coperte di mal erbe e insiem d'oblio
Altre vedeansi ove taceano i lai:
Stavano là da niun compiante mai,
Con le due nere braccia aperte a Dio.

E nel vento spirante intesi voce
Lugùbre e fioca da una tomba uscita:
Era suon che venìa dall'altra vita:
Mi piegai per udir sovra la croce.

—«O voi felici cui riscalda il sole!…
Dimmi, mortal, che fate ancor tra i vivi?
O voi che avete il cielo, il mare, i rivi,
La terra, i fior, le piante, e le parole,

«Sospirate? Piangete ancor? Sperate?
Che fate là? V'amate ognor? Gioite?
Ancor chiedete al tempo le infinite
Gioie fuggenti già in dolor mutate?

«Ai raggi incantatori della luna
Sentite ancor le bramosìe nascose?
Sovi le selve ancor? Sonvi le rose
Ch'esalano l'amore ad una ad una?

«Ti parlo qui, mortal, dall'altra riva,
Dalla riva ove il vero è senza velo.
Mi appar chiara la terra e aperto il cielo,
Benchè giaccia quaggiù di luce priva.

«Son qui da sola, in questo avel, gelata
Ultima stanza ove s'attende Iddio,
—Verrà l'anime a scioglier dall'oblìo
Dell'angelo divino la chiamata?

«Ma fino allora, oh! quanto è questa cella
Gelido albergo per il corpo stanco!
—Rigida sta nel suo lenzuolo bianco

Colei che un giorno fu chiamata bella.»

* *

Gorgheggiavano intanto gli augelletti
Smentendo tutte le tristezze umane.
Splendeva il sol sulle iscrizioni vane,
Sui nomi già scordati—o benedetti.

Mormoravan le piante all'aura estiva,
E volsi il guardo al calmo firmamento,
Limpido come il ver, pien di contento,
Eterno sulla vita fuggitiva.

E dissi allor: Sognai. La tomba tace.
La tomba è vuota. In tutto il cimitero
Compie natura il suo vital mistero;
Sorgono fiori dal terren ferace.

È lieto il cimiter, natura è lieta,
Il dolore è nell'uomo e nella vita.
Il resto è pien della gioia infinita,
Della gioia immortale a noi segreta,

O voce ch'io credeva udir dal suolo
Sorger vêr me con un mesto susurro,
Piomba dall'alto invece e per l'azzurro
Fino quaggiù discendi ratta a volo!

Volsi lo sguardo al ciel—l'orecchio invano
Tesi aspettando l'implorata voce.
Scordavo il duol della vicina croce,
Ma il verbo non venìa dal ciel lontano.

XI.

*

Fuggiva il giorno ed io pensai: l'estate
Segue la primavera e passa, e viene
Il queto autunno, e poi le sconfortate

Brume; ma pur dopo le amare pene
Giungon le gioie e l'esultanze liete,
Dopo le lotte son l'ore serene.

L'uomo dopo la vita avrà quiete

Nella luce letal crepuscolare,
E dei desir più non saprà la sete.

Sì, una vita ventura che spaziare
Lascierà l'alma nostra alfine pura
Come libero augello sovra il mare

Verrà, ma forse nella nostra oscura
Mente sogniam la speme d'una vita
Fulgida troppo in la sorte futura.

Dei mondi nella serie indefinita
Entro un mondo sarem di veli avvolto,
E la luce sarà vaga e sbiadita.

Ne parrà forse rivedere il volto
D'alcun che amammo sulla terra vieta,
Ma mestamente fia l'occhio rivolto.

Avrem raggiunto il porto, ma la mèta
Ne apparirà diversa e men lucente
Di quanto disse ogni miglior profeta.

Un grigio azzurro regnerà; fian spente
Allor le tinte più sonore e vive;
Tutto parrà languire eternamente.

Color di perla, interminate rive
Si seguiran, cristalli inargentati,
E piante ignote d'ogni raggio schive,

E smorti fiori come addormentati
Nell'eterno sopor dolce e fatale,
E profumi sottili ed ignorati
Senza gli aromi turgidi del male,
Senza i poemi intensi del dolore
E dei peccati senza l'aureo strale,

Senza le lotte del terreno amore,
Sarà quale ombra d'una vita arcana,
E regnerà dove non suonan l'ore

Una nuova mestizia sovrumana.

* *

Pure al domani sotto il sol raggiante
Che illuminava i piani e l'alte cime

E mutava ogni goccia in un diamante

E pareva attestare il ver sublime.
Sentii scendere ancor nell'alma lassa
Il peso della vita che ne opprime.

Mi parve ancor che qui ove tutto passa,
Ove il dolore sol di nostro è certo,
E ogni voglia ne attira odiosa e bassa,

Ove tutti si va per cammin erto
E faticoso ad una ignota mèta,
Non sapendo il perchè d'aver sofferto,

Ove lo spirto mai non si disseta
E ribellar sentiamo prigioniera
L'alma rinchiusa nella fragil creta,

Temibile non è per l'uom la sera,
Che alfin dirà ciò che a ciascuno è ignoto,
E affermerà se la speranza è vera

O se il destino d'ogni senso è vuoto.

* * *

Ma sul mio capo s'avvolgean le spire
Dei rami d'una quercia secolare
Dal tronco immane che non vuol morire.

Ed ecco, a un tratto, io la sentii parlare!
Una rauca e sottil voce da un ramo
Su di me scese e dovetti ascoltare.

—«Ah! tu almeno t'arresti quando chiamo,
E fai silenzio a queste mie parole.
Odon le piante. Mentre leggevamo

Nel tuo pensier che ignora ciò che vuole
E che per false strade si disperde,
Ridemmo, chè sei cieco innanzi al sole.

Bello risplende delle frondi il verde
Sull'azzurro del cielo, e altero è il fiore,
—E in vani sogni il tuo pensier si perde,

Sorride il sol nell'allegro splendore,
E le messi che zeffiro accarezza

Piegano liete innanzi al mietitore;

È gaio il mare per la dolce brezza
E avrà la gioia pur della tempesta…
E trilla l'augellin che il guscio spezza.

Sulla terra e nel ciel dovunque è festa,
Pur chiuso è ancor dell'universo il fato
E l'avvenir che agli esseri s'appresta.

«Tutto è mister, ma nel tronco ingrossato
Scorrer sentiamo il vital succo, come
Il mondo sente vita in ogni lato.

L'aura folleggia tra le sparse chiome…
Vengon gli amanti uniti—e poi retrivi
Cercan sui tronchi nostri inciso un nome.

E le foglie agitiamo e siam giulivi
Ignorando il destino, e pur sentiamo
Che ovunque è vita. E tu solo non vivi?

Tu pensi e scruti e dici: il vero io bramo.
E intanto passano i momenti vani
E le fronde non vedi sul mio ramo,

Breve è la vita e lungo il suo domani,
Qualunque sia. Sorridi dunque e sorgi!
Qui non dormire i sonni tuoi malsani!

Il mondo è immensa gioia che non scorgi».

XII.
LA CASCATA

Irradiata di sole, spumeggiante,
Dalla roccia scoscesa la cascata
Vedea cader laggiù—romoreggiante,
Inalterata.

E anch'io nel cor sentivami un torrente
Non bianco nè fulgente—doloroso—
Ma in quel posto si fè subitamente
Meno penoso.

Ed una voce udii tra quel fragore
Che mi disse: Tu pure hai la sorgente

Come la mia. Dessa si chiama Amore
Eternamente.

Lascia che scorra dal tuo core aperto,
In essa affogherai ogni tristezza;
Ti scorderai perfin d'aver sofferto
Nell'allegrezza.

Compresi il ver, provai la commozione
Che ne riempie l'alma tutta intera,
E mi sentii nel petto una tenzone
Dolce ed altera.

E a me stupito là su quella sponda,
Della vita tra il duolo e l'egra noia,
Parve il cader dell'acqua vagabonda
Pianto di gioia!

XIII.
ATARAH
AD ARRIGO BOITO

*

Atarah regna sopra un vasto impero;
Ha dolce l'occhio e lo sguardo severo,
E passa eretta fra le vinte genti.
Le sue pupille sono più fulgenti
D'ogni fuoco che brilla al diadema
Pel quale ognuno innanzi ad essa trema.
La strana gemma che il coturno allaccia
Dall'alto carro par che guardi in faccia
—Mentre il corteggio maestoso incede—
Il popol schiavo che le giunge al piede,
(Al piè divin che sa sulla cervice
Dell'uom posare e renderlo felice).
Ella è possente, e se bella non fosse
Col terror frenerebbe le sommosse;
E come un uomo ella saprìa regnare
E ricever l'incenso dell'altare.
Ed anco è bella, e se non fosse forte
Padrona pur sarebbe della sorte,
E senza scettro ella potrìa guidare
La moltitudin cui dal monte al mare
Abbaglia il ritmo di sue forme e il truce
Occhio languente dall'arcana luce.

Ella non teme alcun rivale e sfida
Che il più grande l'offenda o la derida,
E non paventa alcun Iddio e china
Non si prostra ad alcun, poichè è divina.
Sapïente, l'immenso impero regge
E per sè non conosce alcuna legge
E frena il mondo e non subisce freno.
—E quando passa, alta e scoperto il seno
Marmoreo e bruno e coronata in fronte,
Porta la gloria alteramente e l'onte.

Prostràti al suolo cristïani e mori
Miran tacendo i mostruosi amori
Cui potenza e talento ognor la spinge—
E i suoi desir stupiscono la sfinge
Che sogna sempre nella sabbia avvinta
Dall'immenso silenzio intorno cinta.

Ella tutto provò. Nei più segreti
Abissi del piacer con gl'inquieti
Sensi seguì la mente che galoppa,
La fantasia malsana; e nella coppa
Cercò l'ultima goccia. E tutto il campo
Del possibile scorse (come lampo
Che ovunque guizza) e lo trovò assai vasto,
Ma limitato. Nulla m'è rimasto?
Disse sognando, e con la sua possanza,
Con l'ingegno che annulla la distanza,
Con la muta scïenza della carne,
I toccati confin vuole allargarne.

Si risovvenne ed inventò. La storia
Le fu maestra, ma ad infame gloria
Peggiore ell'è d'ogni regina; strinse
Più stretti i nodi alla chimera e vinse
Semiramide stessa invidïosa
Nel superbo sepolcro.
A mente che osa
Aiutata dall'oro e dal potere
Natura cede.
E nelle calde sere
Perfino il puro ciel complice anch'esso
Parea s'inebbriasse, a lei sommesso
Con le infinite stelle. Ed ella in alto
Guardava meditando un qualche assalto
Per convertire coi desiri occulti
Il firmamento ad infernali culti.

Lo spirto suo è astuto, ardito e pazzo.
—Talor sdraiata in sull'alto terrazzo,
Talor seguente in mare le sue flotte—
Ora voluttüosa in lunga notte
Lontan dal sole nel gioir si affoga,
Ora il nemico di sua man soggioga.
Brevi battaglie lampeggianti adora
Ed orgie senza termine in cui l'ora
Passa obliata—Poi con regal calma
Ozïosa sogna all'ombra d'una palma.

* *

Ella tornava un dì da una vittoria
Suprema, cinta d'abbagliante gloria.
E bella al par d'una immortai guerriera…
Il suo serto splendeva nella sera
Siccome un sol notturno sulla terra,
E il popol suo e quello vinto in guerra
Tremavano davanti al suo passaggio.
Ed il cielo taceva sovra il maggio
Fiorito e caldo, e la città giuliva
Fiammeggiante brillava sulla riva,
Accesa tutta da un delirio immane,
Vivente mare fatto d'onde umane,

Sul re captivo ella teneva fise
Le sue pupille.
Ella l'amò e l'uccise.

Dei prigionieri poi fissò la sorte;
Prescrisse strane leggi; ogni coorte
Vide sfilare in una polve d'oro.
I serti vinti chiuse nel tesoro
E prodigò le gemme. Poi le sale
E i cortili s'aprirò a colossale
Festa.
Nel colmo del gioir furente,
Ella scomparve. Andò per la silente
Aperta scala al sommo del palazzo
D'onde scorgeva l'assordante e pazzo
Spettacolo dell'orgia impicciolito.
E allor pensò, pensò con infinito
Ardire. Ed un desìo sentì dolente
E acuto; e assorta sulla sala ardente,
Che avea per vôlta il cielo imperturbato,
Ora volgeva l'occhio ancor velato
Da torve ebbrezze, ora mirava invece

Le calme stelle scintillanti. Fece

Un gesto stanco, indi la mano stese
E lentamente una gran coppa prese,
E la vuotò con un gesto demente.
S'accese la pupilla stranamente,
Sparì dinanzi agli occhi suoi la festa,
Curvossi indietro la sua bella testa
Smorta e bramosa sotto il diadema,
E cadde morta in una ebbrezza estrema.

XIV.
LA BARCA

Vidi una rotta barca sopra l'umida
Spiaggia caduta, e giunta ai giorni estremi;
Dall'albero pendea una vela lacera,
Eran perduti i remi.

Smarrito è ormai il vessillo che fluttua,
Franto il timon, le sarte—e la sirena
Scolpita sulla prua, ridente al pèlago,
Ahi! giace nella rena.

E gli arabeschi, e le dorate, ingenue
Pitture son raschiate, e nulla resta
Della prima parvenza e del bell'impeto
Delle sere di festa.

Triste rovina avvolta nella polvere,
Pur bella ancora per le svelte forme!
—Simile all'uom che all'avvenire torbido
Stanco rinunzia e dorme.

Tra le nubi del ciel, beffardo irrompere
Scorgeasi un raggio sulla terra serena.
Guardai. Sconnesse erano ormai le fradicie
Coste della carena.

Era quella la barca che l'oceano
Dovea meco solcar cercando i lidi
Dove viviam felici nell'orgoglio
Dei sentimenti fidi.

Era quello il navilio delle fervide
Speranze nelle imprese ardimentose
Per cui s'attese invan vento propizio

Mentre appassian le rose.

Non indugiate mai, voi che la gondola
Tenete in riva pronta per salpare.
Furioso irride con lo scherno orribile
Agli aspettanti il mare.

Varate pur tra la bufera rapida
In tra i lampi ed i tuoni e le saette,
Fidate pur le vostre gioie al turbine,
A un fragil alber strette!

Per chi parte tra i fulmini e le tenebre,
Sfidando il mar con una fede ardita,
Spesso si snebbia il cielo e azzurro illumina
Una novella vita.

XV.

Alta e superba nella sculturale
Perfezïon delle sue forme pure,
Pare una statua greca—eppur sa il male
Delle tristezze oscure.

Divine son le linee del suo volto,
Le curve altere della sua persona.
—Nel bianco petto è un cor che soffrì molto
E al soffrir s'abbandona.

Invano nel mirare il suo profilo
Scorre il pensiero ai lieti dì d'Atene
E ricordiam la Venere di Milo.
—Le ore non son serene.

A poco a poco sul marmoreo viso
Nuovo pallor pose la vita. Antica
È la bellezza sua, ma il suo sorriso
Conosce la fatica.

XVI.
RESURRECTA

*

Ella già visse nell'antico Egitto,
Tra le città che sembran visïoni,
Allor che gloriosi nel delitto

Trionfavan superbi i Faraoni;
E guardò calma col gran d'occhio nero
Le feste immense e l'orride tenzoni.

Pallida e bruna, col sorriso altero,
Della immobile Sfinge colossale
Sfidò lo sguardo bianco ed il mistero

Con la serenità d'una rivale.
—E degli amori sempre più implacati
Conobbe il peso e il fàscino letale;

E gli ascosi desir negli abbagliati
Occhi d'intera folla plaudente
E le brame che lottano coi fati.

—Poscia sparì d'in mezzo a quella gente,
La splendida sua vita ebbe una fine;
Crebbe il pallor, fûr le pupille spente,

S'irrigidir le sue forme divine
Qual prodigio che subito s'arresta,
E nel sonno calò senza confine.

In bende avvolta fu dai pie' alla testa,
E sotto la piramide, in l'eletto
Sepolcro preparato come a festa,

Dormì mill'anni con lo stesso aspetto.

* *

Ora è fra noi. Per mistica e segreta
Legge rinata sotto nuovo clima,
Come una evocazione di poeta,

Bellezza tal che realtà sublima!
I dolori dell'oggi ed i desiri
Guardando senza sprezzo e senza stima.

Ahi! non cura le gioie ed i martiri
Di quest'epoca folle ed ammalata,
Ed ignora la causa dei sospiri.

E resta calma e pensierosa, e guata
Tra le piccole feste e il triste amore,
Nel trionfo paranco trasognata.

Della sua vita e morte anterïore
Un vestigio sul viso l'è rimasto;
Vi si scorge il ricordo che non muore

Dei sogni ardenti e del suo sonno casto.

XVII.
FRA I MONTI

*

Giovani e già dalle uniformi grevi
Vicende affranti e dal tornar dei giorni
Inesorabili,
Dagli anni lunghi e dai dì troppo brevi
Ora tumultüosi or disadorni,

Risospinti dal caso, ancor riuniti,
Ma più divisi assai che dagli eventi
Dal sentir intimo,
Un istante obliavano, smarriti
In te, Natura, che il cuore addormenti.

* *

Andavan soli come ai dì passati
In una valle chiusa in mezzo ai monti.
Era il meriggio,
Ma sui verdi sentier dal sol dorati
Nell'alme loro v'eran due tramonti.

Ei camminava mesto, lentamente.
Guardando le pupille dolorose
D'azzurro limpido

E la purezza del profilo, e spente
Quasi sul volto a lei le belle rose.

Gli antichi dì parean tornati ancora;
Ei credeva sognare un sogno vero.
Le foglie tremule
Mormoravan su lor come in allora
Che Amor li precedeva sul sentiero.

L'alte montagne nere e i verdeggianti
Colli e le roccie e i pini e le cascate
D'argento vivido
Suscitavano in lui gli antichi canti,
Ricordavano a lei l'ore passate.

Mirava il triste sguardo ed il sorriso
Ancor più triste—e gli diceva i fati
Lungo il silenzio
E la terribil calma del suo viso
E i suoi capelli d'oro scolorati.
Egli sentiva nuovo atro dolore
E non osava prenderle la mano.
Il labbro roseo,
La bocca semiaperta come un fiore
Davan tormento di desir lontano.

Andavan sempre, appena una parola
Vana scambiando ed un sorriso mesto,
Ma come un rantolo
L'inutil detto ritornava in gola
Ed il sorriso scompariva presto.

Giunsero alfine al pie' d'una cascata
Che dall'alto piombava eternamente;
E stanchi, subito
Sedetter sulla pietra logorata
Sotto la piova dell'acqua cadente.

Tutto era verde intorno, alberi ed erbe
Ed il muschio dei sassi ognor spruzzati
Dall'acqua candida,
Verdi le foglie e verdi le superbe
Cime dei monti eccelsi e imperturbati.

A un tratto innanzi a loro una parvenza
Vaga si leva. Uno spettro gentile,
Ahi! bello e pallido,
Oltremodo e silente. Eppure senza

Stupore lo guardaro in atto umile.

Poichè l'avean ben riconosciuto
Al pallore, agli spenti occhi divini,
Ai raggio livido
Che uscìa da lui, ed al suo labbro muto,
—E rimaser tremanti, ad occhi chini.

Era il povero antico amor, perduto
Da tanto tempo, d'ogni speme privo,
Disciolto in l'aere!…
E fûr trafitti da un rimorso acuto,
L'antico amor non era ahimè! più vivo.

Ahi! senza vita egli era a lor davanti
Coi capelli di fiori incoronati,
Ma eran languide
Appassite ghirlande e i vecchi pianti
S'eran negli occhi suoi cristallizzati.

Lo spettro cadde a terra. Allor pietosa
Anco una volta la bella compagna
Posò un ginocchio;
Lui pure si chinò; la prezïosa
Salma portaro in mezzo alla campagna,

La portarono insieme a un vasto prato
Solitario più ancora e là, scavata
La terra, un tumulo
Apprestarono, ed or giace isolato
L'amore che finì la sua giornata.

La fossa è larga e guarda il firmamento
Perchè ei possa risorger s'è immortale,
Ed in silenzio
Restaro a lungo là senza lamento
E sentivan passar soffio letale.

Ed ella, fredda, lui guardava intanto
Senza fede oramai ne' giorni bui.
Guardava gelida;
Ed ei sentì che l'occhio senza pianto
Dicea che aveva amato più di lui.

XVIII.

La terra è un punto in mezzo al firmamento,
Tra una polve di soli astro ignorato:
Atomo è l'uomo ignaro del suo fato,
Che appena nato è spento.

—Cosi pensiam nelle ore solitàrie
Quando è di noi signor solo il pensiero,
Quando cerchiam senza fralezza il vero
E scrutiam l'invisibile—

Ma allor che avvinti da due bianche braccia
Nella festa dei sensi appare il vero
E ne sembra si fonda ogni mistero
Nel mistero d'un bacio,

Sentiam che vasto più del vasto cielo
E più forte del fato Amore impera,
Che l'uomo è il re per cui vediam, la sera,
Steso il sidereo velo.

XIX.
LA VILLA

*

Risplende il sole; il vasto cielo puro
Distende la sua pace sovra il mondo;
Dormono le colline, e lungi, in fondo
Mette una riga nera il bosco oscuro;

Ed il largo viale sontüoso
Conduce nella villa abbandonata,
Aperta, dove l'alta sala ornata
È piena di frescura e di riposo.

Errando nel tepor del mezzogiorno,
Due vaghi amanti innanzi a quella villa
S'arrestan contemplando la tranquilla
Vista pensosi e il muto parco intorno,

Il vecchio giardiniere ai vaghi amanti
Mostra la casa, e lor dice una storia
D'amor celati e di trascorsa gloria,
Di luminosi giorni e amari pianti—

E d'una principessa innamorata,
Da ognun respinta e fiera del suo fallo…
—E la descrive—amazzone, a cavallo
Passare per la strada ombreggïata—

Amorosa sedere in sul terrazzo
All'ora del tramonto a Lui vicino,
—Poi sollevare uscendo dal giardino
Con la piccola mano il greve arazzo.

* *

I vaghi amanti erraron fino a sera
Tra le aiuole e i sentieri, e nelle vaste
Gallerie, su e giù tra le rimaste
Gaie memorie d'una gioia vera.

Il sorridente amor loro appariva
Il sovvenir d'un sentimento fido,
La lunga festa del nascosto nido,
La passion che nel desir si avviva,

I rai del sol sulle sboccianti rose
E la profonda gioia contenuta
E il ridere argentino fra la muta
Complicità festosa delle cose.

Ridean le cose. Un'allegria infinita
Usciva dai cespugli, dai viali,
E tra i profumi e un vivo batter d'ali
Nell'ebbrezza la mente era smarrita.

E desiaron di restare. L'alma
Dovea goder più dolcemente e forte
In un tal sito l'indulgente sorte
Che permetteva lor sì dolce calma.

* * *

Ma l'ombra scese della sera, a poco
A poco invase il cielo ed ogni loco,
E stese un velo sui ricordi lieti.
S'adombraron le lucide pareti,
Smorti si fero i bei colori, spenti
Gli estremi bagliori aurei correnti
In su le stoffe sontuose e oscure,
Sulle quali vivevan le figure
Dipinte una esistenza tenebrosa

Mentre morìa la vita vera. Ascosa
Malinconia sorgeva nei recessi
Amati dove dagli Dei concessi
Divini istanti eran trascorsi.
E voci
Sorger pareano arcane—e dubbi atroci
Mormoravano allora e di segreti
Dolor non anco espressi dai poeti
Svelavano a metà l'atro mistero,
Senza parole definite, il vero
Nudo mostrando e la fuggente gioia.
E lo spettro s'alzava della Noia
Regina alfine, ed i sospetti muti
S'infiltravan siccome dardi acuti
Per l'alme scosse nella giovin fede.
E si sentia che l'uomo, triste erede
Di colpe antiche e di fralezze vili,
Sol può tener con vincoli sottili
Per un istante l'alta, passaggiera
Felicità, senza misura, intera.

Piangean le cose—una tristezza immensa
S'alzava ovunque; si facea più densa
La tenebra che ai cuori s'infiltrava.—
Nello sconforto che la mente aggrava
I rosei sogni già finiano in pianto—
Rotto pei due era il soave incanto—
La villa, prima gaia e ospitaliera
Nel dì sereno, or diventava nera,
Arcigna e chiusa in ostile rifiuto.
Sacrileghi sentiansi entro quel muto
Tempio dal Dio crudele abbandonato
Su cui librava il minacciar del Fato
Uguale sempre e che si fugge invano.

Il desire parea fatto lontano.
Ed un fantasma incontro a lor venìa
Che avea sul volto il Duolo e l'Ironia,
La sazietà e la gioia bugiarda,
L'ipocrita pietà per cui s'attarda
L'amor che menzognero ancor sorride.

Il vecchio giardiniere allora vide
Fuggire i due amanti impalliditi:
—La bella villa dai cortesi inviti
Or sembrava un soggiorno di iattura,
—Scansando il malaugurio, dalle mura
Usciron presto del giardin deserto,

E ripresero il lor cammino incerto.

SONETTI
XX.
GIOIA PASSATA
A J. M. DE HEREDIA

Il palazzo è di marmo, e le fontane
Ebber zampilli lieti e gorgoglianti;
Sovra i pilastri due leon rampanti
Superbi ancora alzan le zanne vane.

Il cancello ad ornati irti e pesanti,
Semiaperto, cadente, alle lontane
Ville ricorda ancor le pompe insane
E le feste e gli amori e gli alti vanti,

Ma l'erba intanto cresce in sul viale,
La ruggine corrode i gran blasoni,
E stanno chiuse le istoriate sale,

Ahi, prive di chiarore e di canzoni!
—La noia regna in fra le due grand'ale
E con l'edera sale pei balconi.

XXI.
RISPOSTA A H. CAZALIS

Credete che la forma passaggiera
Dalla materia eterna ch'è sua culla,
Come caduta in mar goccia leggiera
Disparirà nell'ocean del nulla.

Sperate che il destin che si trastulla
Con l'alma nostra rifulgente e nera,
Allor che lascerem la terra brulla
Ne affogherà dentro una notte vera.

Ma v'ingannate: eterna è la condanna.
Desire ignoto gli scomparsi affanna;
Nasce chi muore, ad altro sol gettato.

Ma forse il dì della stanchezza estrema
Comprenderemo alfin tutto il poema,
Ed in quel dì perdoneremo al fato.

XXII.
RITRATTO

La testa, il busto suo da imperatrice
Sembran scolpiti in marmo imperituro;
Nel circo avrìa sorriso al morituro
Gladiator, suprema vincitrice.

Il morso dei desir, che a noi non lice
Impuniti pensar, nei dì che furo
Avrìa sentito e nel triclinio impuro
Regnato bionda incoronata attrice.

Or passa altera ma non più serena
Nella moderna vita dolorosa,
E il suo pallor dice la stanca lena,

Lo sguardo fisso la mestizia ascosa,
Lo sforzo d'una fede che raffrena
L'irrequieto spirto che non posa.

XXIII.
RITRATTO

Ella ha i capelli biondi e gli occhi neri,
Lo sguardo dolce ed il sorriso astuto,
Parla talora il ciglio e il labbro è muto,
Volan le chiome e gli occhi son severi.

Ha buono il core e lo spirito arguto
E i detti or folleggianti ed ora alteri,
Variano i suoi pensier sempre sinceri,
Ama la canzonetta ed il liuto,

Ama il chiarore della luna mesta
E il falso luccicare della scena,
Si sente triste in mezzo ad una festa,

Senza ragion l'alma ha di gioia piena.
Vuole la calma e brama la tempesta,
Bionda con l'occhio ner, cupa e serena.

XXIV.
RITRATTO

Col nero e lungo sguardo e con l'arcana
Vaghezza del sorriso che indovina,
Con la raccolta sua chioma corvina
E col caldo pallor che il viso emana,

Ella sembra venuta da lontana
Festa opulenta dove fu regina.
Gemma salvata dalla gran rovina
Della passata gloria veneziana.

Ma per lei si vorrebbe altra cornice:
L'antico Canalazzo pien di festa
Al tempo di Venezia imperatrice.

Dagli ornati scalini ecco s'appresta..
E sullo smalto di quel ciel felice
Spicca il profilo della bruna testa.

XXV.

È un castello feudale in miniatura,
Dall'abbandono sorto in nuovo aspetto;
Sei secoli passaron sul suo tetto
E or ridon bianche le vetuste mura.

Solitario ed in mezzo alla frescura
D'alte piante, tra verdi prati eretto,
Da una profonda fossa è ancor protetto
E d'acqua ha ancora una larga cintura.

Ma il ponte levatoio è fisso ormai,
E aperta sta la sala allegra e vasta
Dove non giunge il mugghiar del vento.

E ne sembra il castello, allor che i rai
Vibran del sol che la torre sovrasta,
Gioiel di pietra legato in argento.

XXVI.
RASSOMIGLIANZA

Vidi l'umido labbro e pur procace
Lo sguardo per lussuria semispento,
E il ciglio pien di volontà tenace

E la fermezza del marmoreo mento;

Mirai la linea del profilo altera,
La maestà della sua guancia smorta,
E dissi: È larva od è figura vera?
È viva o dal passato alfin risorta?

Chi è mai? Chi fu?—Ma nuova visïone
S'alzò dinnanzi alla mia mente scossa:
Era una sala aurata, e più persone
In una luce profumata e rossa,

E Lei rividi bella e tenebrosa
Versar l'ebbrezza in cesellata coppa
E accendere il desir che più non posa
Ma vola ognor della Chimera in groppa!

Era l'antica cena di Ferrara,
L'amor letale ed il velen dell'orgia…
E riconobbi, uscita dalla bara
Alla moderna età, Lucrezia Borgia.

XXVII.
PAESAGGIO

Senza rumore, immacolata e lieve,
Sovra il ghiaccio del lago smerigliato
In linee lunghe scende ognor la neve
E bianco sembra l'aere rigato.

E fino agli orizzonti indefiniti
Tutto è candore. In sulle opposte rive
Pendono gigantesche stalattiti
Coperte di diamanti e luci vive.

Si disegnano i rami delle piante
In bianco sovra il cielo grigio e smorto.
I fiori son spariti e tutte quante
Le frondi e l'erbe. Ed ecco tutto è morto

Per un tempo e sepolto nell'inverno.
Cosi tace talora ogni desìo
E sembra spento pure ciò ch'è eterno
Sotto il manto di neve dell'oblìo.

XXVIII.
SOTTO UN RITRATTO

Diritta e bianca sorge in sul cammino
Arido e triste della vita umana,
Fragile come un fior di gelsomino,
Eppur dotata di potenza arcana;
Soave qual chi ancor ride al destino
Ma altera come l'errante Dïana.

Dalle svelte sue forme arrotondate,
Dallo sguardo, un olir voluttüoso—
D'acri gioie imminenti ed aspettate
Spira, desìr sotto le nevi ascoso.
Il sen, le braccia di bellezza armate
Formidabili sono nel riposo.

XXIX.
MARINA

Par quasi nero il mare sconfinato
Sotto il cielo pesante e cupo. Il vento
Tace e tutto ne sembra addormentato;
Nella natura ogni volere è spento.

Dovunque regna una oppressiva pace,
S'odono mormorii sottomarini.
Si dirìa ferma alfin l'ora fugace
E che immobili pendano i destini.

Ma è minacciosa la profonda e mesta
Calma che rassomiglia ad una morte…
Ed ecco, lungi, un soffio di tempesta
Ed un fragor di ferree infrante porte!

Sordo rumor e lampi ardenti e tuoni,
Tenebra fitta e luce che ne abbaglia…
E in mezzo alle fulgenti visioni
La letale magia della battaglia!

XXX.
MARINA

Di gente affaccendata è pieno il porto.
Tutto è clamore, grida e voci sorde;

Parlano i marinai con gesto accorto,
Stridono lungo gli alberi le corde.

Al brulicar del suolo fa contrasto
L'austera calma maestà del mare
Che si stende color di piombo e vasto
Fin dove sguardo umano può arrivare.

E sotto il sole ardente d'improvviso
Tutto si tace e sta ciascuno e guata.
Brillano gli occhi in ogni attento viso,
La folla in varie pose sta atteggiata

Verso un sol punto. Ed ecco, abbandonando
Lenta la riva, al pelago infedele
Rivolta, ubbidïente ad un comando
Esce la nave lieta a gonfie vele.

XXXI.
PAESAGGIO

Circondata da rupi alte e scoscese
La valle è angusta, strana e tenebrosa
Per l'altezza degli alberi. Il paese
È degno d'ispirar Salvator Rosa.

Sotto quell'ombre, in tra le roccie rotte,
Si sognano guerrieri in armature
Che pugnan dal mattin sino alla notte
Con la lancia affilata e con la scure,

Ed il cozzar de' destrier bardati
E il fluttuar dell'ondeggianti piume
E gli scudi sonare e gli ululati
Dei feriti che piombano nel fiume.

I prodigiosi assalti e l'ire pazze,
E il delirio di vincere e le scosse
Supreme, allor che gli elmi e le corazze
Si spezzano e le spade sono rosse,

Gli sguardi irati uscir dalle visiere
E i lampi irradïar l'orrenda scena!
—Ma passa un fanciullin con un paniere
Vociando una canzone a gola piena.

XXXII.
PAESAGGIO

Tutto riposa al raggio della luna,
Ma il viale è nell'ombra a noi davanti.
S'ergono all'aura in lunga fila bruna
I profili degli alberi giganti.

Biancheggia in fondo tacita la villa
Tutta chiusa, deserta o addormentata.
Non si scorge laggiù lume o scintilla,
Ma la vôlta del ciel tutta è stellata.

Un poema infinito ed amoroso
Le foglie vi susurrano giulive…
Il parco nella notte appar festoso
E le statue intraviste quasi vive.

Dormono i nidi ed i fragili fiori
Posan col capo languido che pende,
Si confondon le forme ed i colori…
—E l'ombroso vial qualcuno attende.—

XXXIII.
A EMILIO PRAGA

Il gracile tuo corpo lotta fiera
Brevemente pugnò:—Ma vinse alfine
L'alma alata e fuggì. Misera fine,
Vittoria altera!

L'alma fuggì pari ai fulgenti versi
Che uscìan da te quasi inconsciente e ignaro
—E se ne andavan per le vie dispersi
Del mondo avaro—

E mentre qui tarda giustizia ormai
Al tuo nome si rende sull'avello
Che incoronato di pòstumi rai
Risorge bello,

E mentre qui trovano alfine il porto,
Il rimpianto e la lode i tuoi poemi,
E rivivono i primi con li estremi,
—Or che sei morto—

Tu forse già mutato in altra forma

Gioisci d'una gloria assai più pura,
Di qualche nuova vita nella norma
A noi oscura.

Ma nella tomba o in nuovi dì raggianti
Hai scordato, non vedi e non ascolti,
Ed ignori i pigmei a te rivolti,
Ora inneggianti!

XXXIV.
THÈOPHILE GAUTIER

Sereno, e stanco di vicende umane,
Questa terra inquieta egli ha lasciato.
Egli, il Maestro, delle forme arcane
Innamorato.

Era forte nell'arte—era il leone.
Ne possedea la maestà severa,
Lo sguardo assorto in calma visïone,
E la criniera.

Risuscitò l'ignota poesia,
Evocando col suo desir possente
Il fulgore infocato e la magìa
Dell'Orïente,

I monumenti sotto il cielo aperto
Nella tòrrida luce polverosa,
E la sublime noia del deserto
Senza una rosa.

Disse Bisanzio dove l'onda bagna
L'alte moschee dalle dorate fronti,
I calli angusti nella dolce Spagna
In mezzo ai monti.

Fu dell'Italia appassionato amante
E ne applaudì la gloria e la fortuna,
—I palazzi il ricordano vagante
Per la laguna.

Cantò la Gioia e il Bello e la pagana
Voluttà della Forma, e gl'imi amori
Delle cose e i desir—l'ebbrezza umana
E i suoi colori.

Eppur sapeva le segrete pene
E le immense mestizie del poeta;
Sentì tristezza nella morta Atene,
Pensò alla mèta,

Al destino, alla brama d'Infinito;
Pianse il passato ed indagò il futuro,
Interrogò le sfingi, e tese il dito
Verso l'oscuro.

L'occhio profondo all'orizzonte volto
Assaliva i confini del pensiero...
E il suo sogno vagava ognor più sciolto
Oltre il mistero.

Or lo ha seguito. Ei che raggiunta avea
Perfezione impeccabil di parola,
Sentiva in sè come sepolta dea
L'alma che vola.

E forse già lassù dove s'ammanta
La gran luce terribile e superna,
Bello di nuova vita, ardente canta
La Beltà eterna.

XXXV.
SARAH BERNHARDT

Her eyes were as a dove's that sickeneth.
SWINBURNE

Bianca apparizïon dagli occhi immensi,
Dal magro viso smorto, dove un fiore
Sanguigno par la bocca che nei sensi
Versa ignoto languore,

Ella s'avanza, arcana creatura,
Dell'ideai col vero unione estrema,
Anima che traspar dalla figura
E il corpo strema.

Ed in mezzo al silenzio uno strumento
Nuovo risuona per la vasta sala...
È la sua voce musical, portento
Ch'alta dolcezza esala.

Le rime echeggian nuove ed ecco i vieti

Ritmi ne sembra udir la prima volta;
Quelli accenti di fàscini segreti
Empion la vôlta.

Ella commove fin le turbe sorde
E l'ascosa rivela umana fibra.
Lira vivente dalle cento corde
Che ad ogni tocco vibra.

Or la vediamo pura statua, eterna
Classica imago dalle caste pose;
Ma all'indomani si rifà moderna,
E con le ondose

Movenze ed il febbril gesto e il sorriso
Parigina si mostra—avventuriera—
Gran dama—amante dallo stanco viso,
Smorta, morbosa, vera.

La lunga stola dalle pieghe belle
Tragicamente cade sul suo piede;
Ella prega ed impreca—irosa—imbelle
Comanda, chiede,

Schiava, regina dal gemmato crine—
Innamorata, ascetica, pagana...
—Poi sovra il raso sa sgualcir le trine
Occhïeggiando vana.

E a dieci lustri d'intervallo il dramma
Rifulge ancor nella novella attrice,
Arde in quell'esil corpo una gran fiamma
Divoratrice.

E, presente, il Poeta imperituro
Rammenta il dì della battaglia vinta!
Ed al supremo suo trionfo puro
Ora la vuole avvinta.

E dico a Lei: avventurosa, insieme
Al plauso della folla il plauso ottieni
Di Lui che ancor dall'alto tuona e geme,
Spezzati i freni.

Vivo Egli assiste alla sua gloria intera;
E applaude a te, artista, e a te sorride.
—Il tuo meriggio unito alla sua sera
Non scorderà chi vide.

XXXVI.
A ERNESTO ROSSI

Shakespear ne appar quale caverna mistica
Da lontano riflesso stenebrata;
Incerto è il sùol, ma di rubini e zàffiri
La vôlta costellata.

Chi vi s'interna sente l'ali viscide
Delle strigi passar sulla sua fronte
E trova ignoti fior foschi e purpurei
Nelle sanguigne impronte.

Incespica tra i scettri e le corone,
Urta i fantasmi mesti degli uccisi;
Poi lo incanta la bianca visïone
Di sovrumani visi.

Inorridito per le larve pallide,
Mentre fugge accecato dalle spade,
Ode dal fiume la canzon d'Ofelia
E il sovvenir lo invade.

E l'immensa caverna ognora stendesi
Da ogni lato nel mondo interïore,
O tenebrosa nel delitto o rosea
Nel mistero d'amore.

E l'uomo vi si perde senza guida,
Oppresso, ammaliato, smorto, anelo…
Ma pur fra il tenebrore e fra le strida
Scorge un lembo di cielo.

Nè bello il vide mai qual nella plumbea
Notte di quelle stanze sontüose
Illuminar da una fessura tenue
Le più sordide cose.

Passan guerrieri spaventosi e taciti,
Passan regine pel rimorso scarne,
Tornan sibille con l'antico dubbio
Lo spirto a affaticarne.

Contorce il riso il labbro del buffone,
E intanto al suoi cade una testa mozza…
Vicino al canticchiare del beone
La passïon singhiozza,

La più gentil pietà vive in Cordelia
Eternamente—e ognora Otello latra;
Vince ogni senno con le forme olimpiche
L'imperïal Cleopatra.

Or tu, sublime attore, alta una fiaccola
Scotendo in mano, discendesti al fondo
Della buia caverna in cui nascondesi
Entro la terra un mondo.

Animoso scendesti del Poeta
Nel vasto impero ove il volgo si tedia,
E forzasti a parlar, possente atleta,
La velata tragedia.

E il popol vide corruscar di rùtili
Gemme la vôlta, e le pareti in fiamma
Pareangli allora che la vita scorrere
Sentivasi nel dramma.

Ai corpi, creator, donasti il palpito
Strappando ad ogni petto il suo segreto;
Nè si potè celar nel nero strascico
Il sognatore Amleto.

Qui ne appare un profilo e là d'un torso
I muscoli, e laggiù brilla uno sguardo…
Or ne atterra il delitto, ora il rimorso
Di Macbeth o Riccardo.

Con la toga romana, o sotto il lucido
Corsaletto, od il manto d'ermellino,
Del cuor dell'uom sentiamo eterno il battito
Pauroso del destino.

E ognor t'inoltri con l'accesa torcia,
Infaticabil cercatore ardito,
E rischiarato dal fulgente genio
Mostri un regno infinito.

XXXVII.
VENERE NERA

Era una notte chiara e tropicale.
Nell'aria torrida
Passava un soffio di languor letale,
Afrodisiaco.

Sul mar brillava un luccichìo di fosforo,
Misterïoso;
Parca forier di cósmiche battaglie
L'alto riposo,

Morivan lenti in su la calda riva
I flutti languidi,
L'onda lambendo la rena moriva
Con lungo murmurare.

Tutto era bruno: e terra e cielo e oceano;
Taceano i venti,
Eppur movea lassù un arcano palpito
Le stelle ardenti.

Stendeasi in là, vastissima pianura,
Il suol dell'India;
Il sacro suoi della gran fede oscura
Pieno di tènebre.

Pareva il mar d'alto portento gravido.
Irrequieto,
Ma la natura già potea conoscere
Il suo segreto.

Ecco, d'un tratto, l'onda si divide,
E sorge argentea
In mezzo al mar che intorno ad essa ride
Una conchiglia,

Vasta conchiglia illuminata, rosea,
Che par dischiuda
Cosa di ciel, poichè vi sorge Venere
Divina e nuda,

Ma paurosa ancor più della greca
Bellezza candida,
Chè bianca no, ma è d'un color che acceca,
Di bronzo splendido.

S'allieta il ciel, la luna vibra un raggio…
Ed ecco altera
Incanta allora in sua beltà terribile
Venere Nera.

XXXVIII.
INTERNO
A F. COPPÉE

Lontana dai rumor, chiara e quieta,
Addorme il core ed il pensier risveglia
La stanza del poeta,
Qui c'è l'impronta della lunga veglia,
Là stanno i libri che lo spirto adora,
Ovunque è sparsa una malìa segreta.

La penna giace non asciutta ancora;
Tutto spira la vita e insiem la pace.
Ed il sole colora
Ogni appeso ritratto: là, procace,
Mostra un'attrice le sue grazie infide
E turba lievemente la dimora.

Qui s'impegnò la lotta che non vide
Il lettore distratto; e qui l'idea
Passò come la donna che sorride,
Poi torna Dea.
—Su un piedestallo, bianca e imperitura,
La Venere di Milo ne conquide

Con la sua posa eternamente pura.

XXXIX

*

In fondo ai chiari abissi prezïosi
Che il mar contende irato agli occhi nostri,
Gl'ignorati tesori stanno ascosi.

Difesi là da spaventosi mostri
Ed ammassati in cristalline valli
In tra lucenti grotte e rosei chiostri;

In tra le piante strane ed i coralli,
Nei profondi splendor che, ignoti, per le
Iridi hanno riflessi verdi e gialli,

Vergini d'ogni sguardo stan le perle.

* *

Così, lontani e avvolti nel mistero
Dove sorgon spettrali visioni,
Nel dominio fatato del pensiero,

Tra la magìa degli imminenti suoni,
Tra i vïolenti olezzi e blandi e acuti,
Prede rapite e ben celati doni,

Tra gli azzurri vapor come perduti,
In confuso fulgor misti e sommersi,
Attendendo i poeti ed i lïuti,

Non anco detti stanno i nuovi versi.